オリオンと猫たちへのオード

川島洋詩集

土曜美術社出版販売

詩集　オリオンと猫たちへのオード＊目次

I

II

Ⅲ

詩集　オリオンと猫たちへのオード

I

島の猫たち

島では猫ばかりがふえているそうだ
その人の手紙には
柔らかな黄色い毛が一本　はさまっていた
その人が文字を書きながら撫でていたらしい
なだらかな草原のような背中

小さな島の
人も車も滅多に通らない海ばたの道や
そこいらの石段にねそべり　猫たちは
彼ら独特のやり方で　さりげなく
意思をかよわせているのだろう

で　眠ってしまう
昼間はものうげに寝て過ごす
それも彼ら独特のやり方
猫のニルヴァーナ……

ただひとつある寺の住職が亡くなり
あとを継ぐ者がみつからないという
死ぬこともままなりません　と
結びに書かれてあった

とても困ったことである
とは言え　その小さな島で　猫たちは
なんにも知らないような
すべてを知っているような顔で暮らしながら
ふえている

千年

千年とは　どんなところなのかと
バスに乗った

車内のアナウンスは　ちとせ　と告げたが
停留所の標識に記された「千年」を
やはり　せんねん　と読んでしまう
その簡明な二文字が
路傍の古い地蔵尊と一緒に
澄んだ秋の陽を浴びているのだ

少し行った先の交差点には

さかんに大きな車輌が押し寄せ
そこにも「千年」の表示が吊るされていた
してみると　この一帯
へんてつもない郊外の
コスモスの咲く起伏や
暮らしや　なりわいが　千年なのだ
風はいまゆるやかに千年を吹いていて
天頂のあたり　青空が千年を見おろしている

しばらく歩きまわったが
千年という　どっしりした歳月の
腰かけていたらしい痕跡は
なにも見あたらなかった

バス停に戻ると　丸い表示板に

くっきりと黒い二文字
それは過ぎ去った千年なのか
これから先の千年なのか
いまが途上の千年なのか
黙したまま　澄んだ秋を遠く眺めているのだ

きのう　千年というところへ行った
きのうから　へんてつもない
千年と一日が過ぎた

秋の散策

秋が深まると　歳を加えて
ひねもす　外出する
三十五歳の秋　私は五十五だった
四十五の秋には　還暦を迎えた

爽やかな好天をことほぎ
澄んだ陽射しをからだに溜めながら
知らない土地を歩きまわる
川べりの道　丘ののぼりくだり
樹々の色づく公園の小径
商店街　塀と垣根の迷路……

それは私のひそかな
秋の耐え方である

今年は　きょうがその秋なので
からりと澄んだ青空の下
枯葉色の服装で家を出る
五十八歳の私は　七十をとうに超えたようだ
たどりつけそうにも思えない
そのよわいからも　昨日からも
私は遠ざかる

バスを乗り継いで
西へ　あいまいな丘陵の方角へ向かう
もう夏のように長くはないが

ひねもすは　まだ始まったばかりだ
私の気紛れがたどりつく秋の範囲に
知らない土地は無数にある

海へ

駅前から曲がりくねってつづく通りを
おもいがけず長く歩いて
初老にたどりついた
米と塩
錆びかけた看板の懸る
古い商店のガラス戸に
白髪まじりの
傾いたおとこが映っている

ここからは　踏み固められたせまい道が
まっすぐ　ゆるやかに下っていく

その先にたゆたう
あおいもの　たいらかな　ひかるもの
果てのように　ま近く
始まりのように　遠い
何かしらおおらかなひろがり……

次にたどりつくところは
ともあれ　ああして視えている

浦島

お降りの方はブザーボタンで……次は　みなみうらしま
こうえんまえ……そのアナウンスが流れると　息をかた
くつめる。いつも　水にもぐる前のように。

みなみ　うらしま　こうえんまえ……やわらかな声の波
間に　須臾　揺られる。わけもなく　このあたりに土地
勘がある気がする。ゆるやかな浜風が吹きわたっていて
——。いささか縁のあるひとが　このあたりに暮らして
いるはずだと思う。それが誰だったか思い出せたなら
この路線の先に越して来たことを知らせたいが。そう思
うまもなく　バスは通りすぎている。

南浦島公園前でバスが停まったことは　ただ一度しかない（僕の覚えているかぎり）。行く朝　帰る晩　アナウンスなどなかったかのように　バスはあっさり通過する（声が聞こえない日もある）。

その一度のとき　ボタンを押したのも僕だった。どんな気まぐれが働いたのか　その朝　みなみうらしまこうえんまえ　と告げられたとき不意に　きょうは遅刻してかまわないと思ったのだ。咄嗟に押したブザーは鳴らなかったが　バスは停車した。僕が半分降りて行った。停留所の標識も　公園らしき木立も　窓からは見えなかった。やせた柳の木と電柱のあいだに古びた丸椅子が置かれ　そこに朝日が腰かけていた。

あれから　ボタンは二度と押していない。こんど　南浦
島公園前にバスが停車したなら　年老いた僕の半分が
煙のようにゆらめいて乗って来そうな気がして　いつ
も　深く吸った息　止めている。

春日

ずいぶんと、ながくなりましたねえ……
道ばたで老媼が　もうひとりの老媼の
よく聞こえない耳に
粘り気のある声をていねいに押し込んでいる
ええ、すっかりねえ、日がこんなにながくなって……
ふたりの頬や　顎の下のしわを
風がものうげにくすぐっていく
ながく生きてきたひとがふたりしてそう言うので
春の夕方は　さらにもながくなるようだ
草木の息　花の香があたりにただよい
時間もけだるくたゆたっている道ばたで

ふたりの親密な立ち話は
いつまでもつづいている
なにしろとてもながいので　ふたりは
僕が思いだせないほど以前からすでに老いていて
僕が去っていったあとも　ここで
春の立ち話をしている

朝顔

蔓は　その繊細な指先で　臆病にまさぐりつづけた　空間を　あるいは実在を　心もとなさはいくすじにも分岐し　かすかな風にもふるえながら　昼と夜の交替をゆっくり　らせんに縫って　そうして朝顔は　いつしかフェンスの金網をすっかりからめとっていた

送電鉄塔の足元のやせた地面から　のびあがり　今年もまた咲いている　青の朝顔　夜あけの雫を溜めた　漏斗状の小さな空たち　自転車を下りてそのひとつを覗きこむと　すぼまっていく花の奥には　なにやら白い雲がひしめき　すでに青空を仕舞う用意がしつらえてある　そ

れが朝だけの花であるしるしに

きのうの花はもはや見えず　今朝の花が入れ替わって
おなじ開花のけしきがある　きのうここでサドルにまた
がっていた私と　今ペダルに足をかける私と　入れ替わ
った何かがあるのか　私は知らない　くすんだ色の一日
が過ぎ　揮発し沈殿する夜の底で眼をとじ　しらじらと
もどってきた朝にまたみひらいた　ということのほかに
は

朝顔よ　その青色を少しもらえないか
明日の朝はまた明日の、青くあえかな花がフェンスのあ
ちらこちらでひらく。秋の空がその澄んだ青を吸い上げ、
もうよかろう、と告げる日まで。つむいだ無音の物語は

金網にからんだまま、やがて枯れ果てるだろう。だがひっそりと地にこぼれ落ちるもの、句読点のような黒い粒がある。そこからふたたび、朝顔であることの、たたかいの、すべてがはじまるのだ。

落雷

誰かがふと窓に目を向ける　そして言うのだ
――空がみょうに暗くなったな
部屋中の目がつぎつぎに
窓へと吸い寄せられる
黒々といびつにせりあがった雲の峰から
不穏な　まがまがしいものが
ガラスを通って部屋に充満してくる
なぜなのか　僕たちの瞳が期待を湛えて
あやしく底光りしはじめたのは？
なぜなのか　忘れていたがじつは
誰もがこんな事態を待っていた　とでもいうように

あたりの空気がおごそかに浮き立つのは?
——あ　光った
その言葉がひとつの口から漏れ出たとき
同じその語が　この街の
あらゆる場所で発されたのを僕たちは知っている
——また光った　今に落ちるぞ
そうして　僕たちはみな思っている
それは落ちるだろう　だが落ちるのは
ここではなくあちらなのだ　と
この石とガラスの内側にいるかぎり打たれることはない
僕たちはこうして　変事の目撃者となり証言者となる
今　またそれは光った
雲のはらわたを走りぬけた蒼白な痙攣
僕たちの骨の退屈が
僕たちの肉の鬱屈が

一瞬　あざやかに照らされる
仕事の手を止めたまま　僕たちは
あちら　の動向をそっと窺っている
息をこらして待ち受けている
落雷の決定的な一撃が
都市の空を瞬時に切り裂くのを
長く尾をひく大きなとどろきとともに
このオフィスの空間が歪み　時間に穴があくのを

蚊を叩くまで

寝床の上　あぐらをかいて
奴の再来を待っている
刺されたこめかみが　かゆい
僕は疲れていて眠たいんだが
このまま明かりを消して横たわったなら
奴はかならず　また刺すだろう
かそけき命よ　と思えば
少しくらい血をわけてやってもいいさ
だがかゆいのはなにしろがまんがならぬ
決着をつけるしかあるまい
じっとして奴をおびきよせるのだ

おびきよせて　一撃で潰すのだ
か　という軽すぎる名前からして
からだのどこか端をかすめ　すぐさま
気配を消したかのようじゃないか
奴はすでに僕の側頭葉を刺し
貴重な睡眠時間をかゆくした
奴のすがたは確認していないが
この部屋にいる
どこにひそんでいるのか？
あるいはこちらの殺気に勘づいたか？
か？　という短小な疑問詞が
ふらふら飛んでいって
ふっとうすれて消える
また錯覚だ（飛蚊症か？）
追い求めても無駄だ

だが　奴はかならずまた来る
搦め手から来るだろう
搦め手とは　どっちだ
明日も仕事はあるのだ　はやく僕は
眠らなくてはならないのだよ
疲れに聴覚磨ぎ澄まされて
側頭葉かゆく　僕は
僕自身の血をもった
かそけき　うた声の再来を
待ちわびている

三毛のところへ

杉山神社の境内のベンチで
日向ぼっこしていた三毛です
人馴れしているらしく
近づいても　平気でねそべったまま

横に腰をおろし
話しかけてみました
いい天気だね
猫はひとつ大きなあくびをして
僕の顔を物憂げに見あげましたが
その刹那でした　二つの眼の奥で

金色のほそい光がひらめき
小さな詩をひとつ　僕は受け取ったのです

なんというかそれは
なめらかで　ざらついていて
するどく尖ってもいて　いやつまり
明晰な謎のような
とてもすてきな詩で
僕はその贈りものの礼を言い
耳のうしろやあごの下を掻いてやったのですが
さて　問題は　その詩を
ここにいま書きしるすことが
出来ないということ　つまり
風や香りのように　夢のように
その詩はたちまち陽に透け　揮発し

淡い印象だけを残して
消え去ってしまったのです

だから　もしそれを読みたいと
奇特にも思われるのでしたら
言葉が出しゃばっているここではなく
境内のベンチで日向ぼっこしている
あの三毛のところへ
行ってください

Ⅱ

猫の時間

子猫のそらが膝に来たので
ソファーから動けなくなっている
あいにく手元に本もなく
テレビも消えていて
ほかに誰もいないので
そらの　まるくなった
白い背中をなでつけながら
暮れ方　しんと静まった居間で
ぼんやり座っているほか
僕にはすることがない
それでも　この仔はここが好きなのだし

僕もこの仔がこうしているのが好きだ
中華まんじゅうみたいな
さしのぼる満月みたいな
子猫の寝顔
そのお腹と僕の太ももが
じんわりと温めあっている
なんだか　僕は　空気でなく
時間を呼吸しているようである
生きているあいだはずっとここに在る
いま　というあらわれ
(そら……とてもふしぎだね)
暮れ方の　うす青いひかりの底で
わずかに上下している
子猫のお腹
そのやわらかな

すべらかな手触りを
くりかえし撫でつけながら
いまという持続の　しずかな波紋を
吸いこみ　吐き出している
この小さないきものと一緒に

定点観測

二丁目の公園は朝の定点
昨晩の風雨で　八重桜はあらかた散ってしまい
すべり台の下に桃色の絨毯が敷きつめられている
ベンチのうしろ　サツキの一列は威勢がいい
紅白の歓声が昨日よりさらにふえて
朝日をつややかに撥ねかえしている

毎朝　急ぎ足で通りぬけながら
ふり向ける視線の先で
公園の木々や植え込みは
少しずつちがう姿を見せる

私がそれと気づかなくても
いくつもの小さな変化は
私の眼に　耳に　肩に　腕に
そっと触れてくる
そうして
啓蟄は春分になり
穀雨は夏至になり
立秋は白露になり
大寒は立春になり
一年は二年になり　五年になり……

二丁目の公園は朝の定点
毎朝急ぎ足でそこを過ぎる　私の
少しずつ変わっていく姿が
視られている

孵化　——日照雨

まちがいのように、街角が不意にかがやく。
雨と日射の、二重の
いきなり縫合された光と水の、
これは、なんというまぶしさ。
燦燦と降りしきる雨に洗われて、
たった今そこにあらわれたマロニエの葉むらの
みどりがうごいている——私もまた、
あらわな撞着の影をあかるく舗道に濡らし、
ひな鳥のふるえる首、ふたしかに立てながら、
コレハ、生モ死モ、混ジリ合ウ一切ノ、などと、
何かうわごとのように、つぶやき、

見れば、交差点の向こう側で今しも孵化した人々、
その、めいめいの頭上、殻の一部が、
傘のかたちに残像している。

蝶　――標本室にて

《凝視しなさい　わたくしを》
神託のごとく　誘惑のごとくに
双つの翅が展かれてあるとき
眼はそれに抗えない

モルフォ　その青い耀きのフォルテシモ
珊瑚の海　砂漠の空よりなお濃く
さらにも明るく　ラピスラズリの鱗粉は照り
焦点を乱し　視線を撥ねかえす

眼は痺れ　凝視は痛みとなるだろう

だが　逸らすことはできない――
眼はうろたえ　問いかけるだろう
不動の　それゆえ一層過剰なこの光輝は
何を与え　何を奪おうとするのか　と

眼は　問いの虚しさにも
等しく耐えねばならぬ

蝶　――浜辺にて

ひらかれてしまえば　空は広大な光の波打ち際
なぜなら
かつて母語の中で　蝶と耳と祈りとはおなじ震えだった
色それぞれに鱗粉である私たち　あるいは
時の砂浜に散り敷いた夥しい貝のかけら
私たちは微細な差異を重ねあわせる
あなたが　その翅をしずかに閉じる時

あなたが　その翅をしずかに閉じる時
私たちは微細な差異を重ねあわせる
時の砂浜に散り敷いた夥しい貝のかけら
あるいは　色それぞれに鱗粉である私たち
かつて母語の中で　蝶と耳と祈りとはおなじ震えだった
なぜなら
ひらかれてしまえば　空は広大な光の波打ち際

コスモス

コスモスはうすい花だ
そこに咲いているのに
向こう側ばかりが透けてみえる

かすかな風にもゆすられ　ゆれて
秋の遠くがひろがっていく

コスモスが咲くまでは
この空き地にも　どこにも
あんな向こう側はなかったのに

彼岸花

燃えつづけていると
秋はとてもみじかいのです
紅く燃えながら　ふと
我にかえってみれば
誰も葉をのばしていないうかつさに
愕然となったようなしだいで
苦笑しあっていたのですが
笑いごとではないかもしれません
蝶や蜂やらがどこかからやってきて
蜜をすわれたりくすぐられたりすると
前世もおなじこのじめんのうえで

燃えていたようなきがして　けれど
　確かにそうだったしるしはなくて
空もそっぽをむいたようにあおいので
悄然たるきもちになりかかるのですが
球根はしかし　つよいちからでまっすぐ
　　突きあげてくるのですよ　おお
解せないことばかりが　あまりに
　　　歴然としているこのせかいで
　　　　意味なんかもうさがすな
理由などはじめからないのだ　と
秋のこのあかるいいみじかさに　ああ
　発火して　こちらでもあちらでも
棒立ちになったまま　わたしたちは
　　静かに燃えつきていくのです

金木犀

不意の、路上の明証だ。私は立ち止まり、了解する。四季がまたひとめぐりしたのだ。鼻孔の奥に録されていた、名前も日付もない記念日。記憶よりもはるかに大きな余白を残して過ぎた日々への、甘酸っぱい追憶……

それにしても――よほどのことがあるのか、これほどにも過剰な芳香をふりまいて。金木犀はなにごとを吐露し、表明しようというのだろう。しかしその姿はと見れば、ずんぐりした、枝ぶりも不分明に籠ったその低木は、むしろ凝然として竦んでいる風情なのだ。

あまりに沢山の小粒な花を、後先もなくひらいてしまって、我ながら困惑しているのか。ありったけの厚い葉でその場を囲っても、風にたちまちほどかれてただよい出てしまうものを、もてあまし、途方に暮れているのか。

こんもりと繁る常緑樹の暮らしが、日々少しずつ汲みあげる、言葉にならない悲哀。思い屈し、ため息をつきながら、いつしかたっぷりと溜めこんでいたものが、ある日、澄み切った秋空の下で、不覚にもあらわな嘆声となって迸る。地にこぼれつつ、切ないほどの芳香を放つ。それはたしかにあることだろう、樹にも、人にも。

秋は日に日に地上の隙間をひろげてゆく。すじ雲に見おろされたうすさむい一隅に、所在なく佇むとき、あるいは腰を落として膝を抱えるとき、声のない独白を放つその姿勢で、人もまたわずかに香るのか。日々の場所でなおもくりかえすいとなみが、ついに徒労に終わるはずはないという、あてどない思いも、きっと同じ揮発の分子にちがいなくて。

金木犀の夕陽色した花が散り尽くしたあとに、秋はしんと定まる。かなたまで澄みわたり、垂直に立つ。

オリオン

詩人がつぶやいた
――あれは　天の砂時計
　神が時を計るための
神学者は応じた
――神は全知であるから
　計器を必要としないであろう

いつどこで読んだ挿話だったか
神学者の論理はまことに正しい　けれども
私は詩人の素朴な比喩にひかれる
星々の瞬きは人を夢想に誘う

いかにもオリオン座は
砂時計の輪郭をかたどって
冬の夜空に立ちあがる
(三つ星の下のひとところ
こぼれている砂もかすかに光って見え……)
されば　少し傾いでいるのは
神の執務するテーブルなのか
私たち人間の立つ大地のほうか

物理学者は語る
宇宙の一三八億年と　人類の一瞬について
膨張する最大の空間と　最小の素粒子について
乗数の切り立つ絶壁が私たちをすくませる
私は青ざめ
それでもなお問いたくなる

――なぜ　宇宙はそのようにあるのか
――なぜ　そうしたすべてが生じたのか
私はふと気づく　その問いは
夜空に星座を切り分け
物語を編んだ古代の人々から
そのままに手渡されてきた問いなのだと

いったい　どれだけの量の「時」が
流れ落ちるというのだろう
あの巨きな砂時計がひっくり返されるまでの
神の三分間に

観音

白い　巨きな
観音菩薩に見おろされたなら
足がすくんでしまうのだ
観音は慈悲深く　けれども
その慈悲は人智を超えているので
僕はこわくて仕方がない
そのふくよかな頬
鳥も雪もすべり落とす撫で肩
半眼の　白いほほえみが――
観音の慈悲は
逃げようとする者をも捉えるであろう

人智を超えた巨きな慈悲は
やがておもむろに動き出すであろう
観音様　堪忍してください
煩悩と錯誤ばかり重なったこの人生に
僕はすっかり観念しているのです
それでも　あなたのうしろを回って
自力であがく坂を帰っていくのです
逃げるつもりはありませんから
どうか　その向きで立っていてください
決して　ふり向かないでください

Ⅲ

梅雨

いやな湿気だこと……じめじめして
またひと雨来るのかねえ

ムギや　来てたのかい
ごはんにはまだちょっとはやいよ
おまえに餌をあげられるのも
あと少しだねえ
ムギや　急な話だけれど
わたしは引っ越すんだよ
ケアハウスに入れてくれるんだ　息子がね
この小さな土地も人手にわたるから

何年かあとには　このあたりに
小ぶりなマンションでも建つかねえ

おまえのあたまも掻いてやれなくなるねえ
餌はお向かいの武井さんにたのんでおくから
あちらでもらうんだよ
蛇とスズメバチには気をつけるんだよ
ありがとねムギ　毎日来てくれて

おや　さっきのクロアゲハ
この湿気で翅がおもたそうだこと
柚子の木にまたもどって来たんだね
この木もそのうち伐られてしまうだろうけど
まあ　まとわりついてくるよ
ひとがこわくないのかい

花の色も　香りも
はるか昔にうつりにけりな　だけれど
ありがとねえ　おまえも

ムギや　ムギは
……パトロールに行ったか……
夕方　またおいで
ごはん　出しておくよ

見知らぬ町で

見知らぬ町で　日が暮れ落ちていく。湖水のようにあたりが青らみ　塀や生垣のあちら側　窓に　玄関に　灯りがともる。夕餉仕度の匂いがただよってくる。表札をみように白く浮きあがらせた家並みの　喫水が深くなる夕刻。なぜなのか　私がここを歩いている。

電車とバスを乗り継ぎ　一日　いくつかの取引先をまわって歩いた。見知った顔もあれば　初めての顔もあったが　商談をくりかえすうち　少しずつ言葉が通じなくなっていった。自分がひとりの方言になってしまい　意味が伝わっていかない。最後に話した相手は　怪訝そうに

首を傾げ　眉根を寄せて　何度も壁の時計に目をやった。
駅はこの方角でいいのだろうか。心もとなさが　心細さへと青みを濃くしてゆく。見知らぬ住宅街はゆっくり暮れ落ちながら　たれこめる夕闇のどこかに　このまま私を閉じ込めてしまうのではないか。出口は　あの上の方わずかにあかるんで　今ならまだ間に合う　と思う。

小さなゴミムシ

ホームのベンチに腰をおろし
彼はほうっと息をついて
汗でべとつく首すじを
くしゃくしゃのハンカチでぬぐった
その　くたびれたハンカチに目を落とす
そろそろ新品に替えなくては
たぶんこのおれも　と彼は思う
ぼんやり電車を待っているくたびれた初老の男
という標本のような姿なんだろう……

ふと気づくと

小さな黒い甲虫が　彼の靴に沿って歩いている
ゴミムシのようである
そのまま靴の先　前方へ出ていくが
そこは人々がのし歩くホームの上
おいおい　そっちは危険ではないか
踏まれるのではないか　と彼の眼が追う
踏まれるなよ　と無音の声を投げるが
踏まれてしまいそうだ
あぶない
少し進んでは不意に止まり
向きを変えたりして　ゴミムシは
どこをめざしているのだかわからない
ともかく踏まれるな
踏まれずに　どこか
ホームのへりでも　その先の断崖へでも

はやいところたどりついてくれ……

電車が来て
立ち上がり　乗り込むまえ
大勢のひとがホームに降りる
大勢の　その二倍の靴底が
ホームの石を踏んでいく
ゴミムシはどうなった？
いるはずのあたりに目を向けて
小さな生き死にの　黒い点を探すが
みつけられないまま　すでに彼も車内
くたびれた人々が視線をそらしあう空間
閉まったドアのこちら側で
彼は小さくつぶやく
——踏まれるなよ　と

ヤブガラシの家

買い物をかねた妻との散歩
初めて入りこんだ路地の奥に
朽ちかけたような木造家屋があらわれた
ひつじ雲うかぶ秋空の下
その家のあたりだけ　ひっそりと
うすぐらく静まっている

こうした家に出くわすたび
ああ昭和だなあ　と僕がつぶやき
それからお決まりの
住んでいるんだろうか　という

小声で交わされるやりとり
空き家ね　と妻は結論し
いや　まだ人が暮らしているのかも　と
僕はもう少し観察しようとし……

ふと　塀を覆った濃いみどりが
ヤブガラシであることに気づいた
花に　目がひきつけられる
これでも花かい　と言いたくなるような
黄みどり色の小さな粒粒が
空間のひとところを点描していて
集まっても散らばっている
幼稚園児みたいで
中のいくつかは　ピンクやオレンジの
微小なお菓子の風情

かわいらしくて見飽きない花だ

顔を近づけた僕が　これさ
ぱっとしない花だけど　よおく見れば
と言いかけた横から妻が言う
ビンボウカズラね　いやだわ
貧乏で手入れもできない庭に繁るのよ
やっぱり空き家よ　ここ
そのうち取り壊されて土地が売りに出るわね

ああそうか　ヤブガラシはビンボウカズラ
繁ったヤブガラシは家をも枯らす
ああ昭和枯れすすき
三丁目の夕日を浴びて
金平糖　舐めし昭和は遠くなり

しかもなお　ビンボウカズラは
平成　令和も　ひとの暮らしの
いたるところで繁りに繁る……

いや　ひとごとではないぞ
貯えもない　かつかつの暮らしから
いっこうに抜け出せないまま
こんにちここに至った　というのは
この地味すぎる花に　僕が
ひそかに何度も見入ってきた
そのせいなのかも
しれないいじゃないか

メゾンにも　コーポにも　ハイツにも
じぶんたちの庭はなく

ビンボウカズラも見なかったが
じつは　生えていたのではないか
そのしたたかな生命力で
古びた戸棚や食器棚
本棚を這いのぼり
うっそうと繁茂し
僕たちの手や頭にも蔓は巻きついて
床には　あの粒粒の花が
夥しくこぼれ落ちていたのではないか
(今だって)

うしろめたさを気取られぬよう
小さく頭を振って
さっさと歩き出していた妻の横に
さりげなく

僕は並んだ

チューインガム

すっかり味気なくなるまで　かんで
口から　ぽえ　と吐き出すときの
かすかな悲哀の感触は　なんだろう
会社の通用口から
夜の通りに吐き出され
ポケットからチューインガムをとり出す

このごろみょうに　靴底が
地面にくっつく具合なのは
主張できない　正当なはずの要求や
同僚のすりきれて青じろい無表情や

買い物と甲斐性をめぐる諍いや
何やかやが
粘着物となって
僕の下のほうでつぶれているらしく

こんなふうにねばつく足腰のまんま
混み合う電車に乗りたくはないんだが……
　ぽえ
銀紙にくるんで　ポケットに入れる
それから深呼吸ひとつして
列のうしろにくっつく

踏む

自転車を乗り入れた　川沿い
まっくらな土手の道だ
星々のあらゆる光年が
黒い路面に刺さって尽きる
こうっ、寒風
吹きっさらし、思念も凍るほど――
だから　今はただ持続する行為
ひざを回して
自転車のペダルを踏む
こごえる小声で呟く
きわめて、

（ああ、きわめて、）
どうにか、と踏み
こうにか、と踏む
しかし、なにゆえ、踏む
いずれ、いつしか、いましも、
とにも、かくにも、
（ああ、かくにも、）
脚だって発語するのだ
まして、寒風、こうっ、
イズ、　シカ、　キワ、　ナニ、
語尾ちぎられて舞う土手の上
あらゆる星々の光年の底から
見上げる　おお　オリオン座
その一千光年の奥処へ
吸いこまれてゆく勤労の一日を

だが、踏みつづける
だから、踏みつづける
地上の　うすく照らされたあとさきを
寒風びゅうと吹き抜けても
なおそこに　日々の論理は成立するのだ
暮らしは貼りあわされつながっていくのだ
踏みつづけているとわかる
踏みつづけていればわかる

遭難

ついに帰る部屋を失った。行くあてはない。
ここで　すっかり剝き出しになっている。

斜面をずるずるすべり落ちたんだ。しがみつくものもな
く　たぶんその力もなかった。話には聞いてたが　つま
りここが　その場所なのか。体をずらせば　ずれたぶん
冷たくなる　ここ。ここはせまい。ここはさむい。

ここはつまり崖の下で　地の底なんだろう。それなのに
星空とじかにつながっている。う　さむい。ヤバいなあ
これは　ヤバいよ。背骨が地面の冷たさを吸い上げて

る。いっそのこと　このまま一本の木になれたら。

疲れた。くたくたで　よれよれで　この歳になってたどり着いたのがここか。何がいけなかったんだ。「彼ら自身が選んでたどった道ですから」と　どこかの新興企業の社長がテレビで言ってたな。自己責任か。自助努力か。……ちがう……そうじゃない。選ぼうにも　選択肢はかぎられていた。むしろすでに選択されてしまっていた。それにどの道もじっさい大差はないようだった。結局はどれもがここに通じていたんじゃないのか。

陽当たりのいい高台だったから　そこに立ってしばらく街の涯を眺めていた。水が飲みたくなった。歩きだしたら不意にへりが崩れてすべりはじめた。登る力はもう出なかった。崖下をさまよい歩き　野良の動物の境涯になった。ここにへたりこみ　そして夜が来た。

あの陽だまりには　ほかにもずいぶんいたはずだ。オレだけがすべり落ちたはずはない。しかし　ひとりずつ落ちて　呼び交わす間もなく　姿が見えなくなった。オレの姿が人から見えないように　べつべつの「ここ」でひとりずつうずくまっているんだろう。

さむい　ひもじい　さむい　ねむたい……
ヤバいなあこれは　ヤバいよ……

ショートケーキ

給料までの日数をかぞえながら
毎日を送っていると
一年はさながら
十二の目盛りがついた
みじかい定規のようだ
去年の定規と　それはよく似ていて
おなじ定規が古びただけにもみえる

クリスマスケーキは贅沢だから
ショートケーキを三つ
その小さな紙箱を

膝にのせて腰掛けている
バスは　停留所の名を
目盛りのように告げながら
次々と通過していく

市街地をぬけて街道に出ると
夜が黒々とふくれてくる
降りたことのない停留所みたいに
やりすごしてしまったことが
いくつもあった気がする
(きっとそのことを言われたので
昨夜はいさかいになったのだ)

もう一度　定規の目盛りに
目をこらしてみよう　と思う

小さくとも　たしかに刻まれた
たくさんの目盛りが
今年の定規にだって
あったはずだ　と

バスを降りて　ふと見上げる夜空
オリオン座の　その三つ星……あっ
夜の底で　思わず声をだした
しまった　クリスマスに
小さなろうそく三本
入れてもらうのを忘れた

用事のない一日

目がさめると　家の中が少しひろい
そうだ今日は　さしたる用事のない一日なのだ
夏季休暇の三日目
換気扇の掃除も洗車も部屋の整頓も終わっているし
きのうは母のグループホームに行き
親父の墓参りも済ませたので
今日は一日　何もすることのない時間が
目の前にひろがっている

トーストを焼き　コーヒーを淹れていると
娘は出勤するため化粧中

妻は上京した従姉と会うため化粧中
とくだん用事のない僕は　パンをもぐもぐ
そうだ　こういう日は詩を書くのだ
詩を書かねば

半年近くも書いていないから
なんとかして一篇
今日こそ　うってつけの日ではないか
まあ誰からもほめられはしないし
そもそも発表する先もないんだが
いや待て　時間があまっているから詩を書くという
そんな程度の　つまりはモチーフに切迫感もない
ぼんやりとさえ浮かんでいない詩というものが
いっぱしの用事といえるのだろうか
などと思ったりしながら　ソファーで

猫の背中を撫でたり
妻が出がけにあら来てるわよと置いて行った回覧板に目を通したり
きのう施設で渡された母の給付や医療費やらの通知書を
捨てたりファイルしたりしていたら小一時間たった
何気なくつけたテレビで高校野球を観ていてまた小一時間たった

ワープロの画面に向かったが
スクロールする「素材メモ」の羅列は
大小かたちこそ違え所詮は似たりよったりの
乾いた河原のしら茶けた石みたいで
なんだ……何の感興も生じて来ない
冷めたお茶をすすり
顔を掻いたり首を回したりしたあとは　しんとして
そのまま所在までなくなりそうで
また撫でてやろうかと思うが　猫の姿はない

娘の部屋の窓際で寝てるのかもしれない
寝ることが猫の性質であるなら
眠りの時間にも起きている時間と等しい価値があるのだ
母も　猫と同じほど眠るようになった
腰が痛いトイレに行きたいと周囲に訴える以外
毎日　とくだん用事のない母
昨日僕たちと寿司を囲んだことも
突然「とても偉かった官僚」になった夫を偲んで
車椅子の上で手を合わせ涙をこぼしたことも
おぼろになって　たぶん
ホームのあの小さな自室で
今頃　うたた寝しているのだろう

なんだか空模様が怪しくなってきたので洗濯物を取り込んだ
腹がへったのでレトルトのパスタを温めて食べた

用事がない日も　時間はせっせと過ぎていく
時間にはつねに用事があるらしい
それが何の用事かわからないが
やがて　こちらに用向きができると使いをよこす
時間に呼ばれたひとは　ひとりずつ
どこかへすがたを消す……

半日が過ぎた
朝にはひろかった部屋が
いつもの狭い部屋にもどっている
雨がざあざあ降り出したせいばかりではない
西宮　甲子園球場は晴れている
カッと照りつける午後の直射の下
球児たちは鍛え抜かれたプレーを見せる
観衆は興奮し　期待し　歓声を上げずにはいられない

炎天下のシーソーゲームを
ブラバンの演奏がいやがうえにも盛り上げる
おや　中断して定時のニュースになった
海水浴場が賑わいを取りもどしている
終戦の日が近い（そしてとても遠い）
原発事故の避難者はまだ何万人もいる（故郷が遠い）
演壇の独裁者に満場の拍手が送られている
狂った気象が世界各地で山火事と洪水を起こしている
——社会の　みんなの用事は尽きない

遠くでカミナリが鳴っている
雨がこんなに降りしきっているのに
樹々の中でセミたちはけんめいに鳴きつづけている
それはそうだよな
地上では十日もない命なのだ

ミンミンジージー　短い時間が
オーシーツクツク　つくづく惜しい
どうか果たされよ　セミたちの
この世の用事

もし外出するなら　味噌とにんにく
買っておいて　と妻からメールが来ていた
小さな用事ができた
雨はじきにやむだろう
やんだら　坂を下って行こう
坂の途中でおもいがけず
詩のひかりがぽっと射したりするかもしれない
射さないかもしれないが
外気を吸うのはいいことだし
味噌とにんにくをぶら下げて

そのまま河の土手まで
もっと遠くまで
歩いて行きたくなるかもしれない

風について

風に吹かれたくて　ここに来ました
川が大きく蛇行している土手の上です
草の斜面に腰をおろして私は
風に吹かれています
風についてぼんやりかんがえています
風は　とおくから押されてくるようにも思え
なにかに引っぱられて吹きわたっていくようにも思えます
それとも　いつか学んだように
気圧の差を埋めようとして　空気が
居場所をずらしていくということでしょうか
草花がそよいでいます

川面に光がゆれています
そうしてしばらく風をあびていると
私はずいぶんと軽くなり　うすく
透明なものになっていきます
もう少ししたら
風になれるかもしれません

どう言えばいいのでしょう
私は　この自分という
限りあるものの意味について
どこか勘違いしていたのかもしれません
風は　なにかに押されるのでもなく
なにかに引っぱられるのでもなく
なにかを埋めていくのでもない
風は　ただここを吹いています

吹くことを風と呼んだのです
はじまりもなく　おわりもない
厚みも　長さもない
あてどもなく　理由もない
吹くことは　ときおり向きを変え
強まり　また弱まります
腰をおろしたまま　私は首をのばし
なんども深呼吸します
私も　いまここを吹きわたっています
そうと知らぬまま
吹いてきたのでした　今日まで

あとがき

いくつかの詩篇に登場する（別々にだが）オリオン座と猫とを合わせて書名としたが、べつだん両者に関連はなくて、むしろ互いに無縁というべきだろう。それでも敢えていうなら、近景にいる猫と、遠景にあるオリオン座とは、とらえがたい謎と美の魅力において私の中で通じ合っている。猫は私の理解や期待のわきをすりぬけ、オリオン座は私の思惟や空想を吸いこむ。そしてどちらも、見飽きることのない姿で私を惹きつけてやまない。私はオリオン座への（その星々の空間は一千光年の奥行きをもつという）、また猫という生きものへの（その光る眼の奥に透徹した安らぎの領域がないだろうか）、オード＝頌歌を書くような気持で、これらの幾篇かを書いたのだった。

もとより、知識や論理が不可解と見なす、この世界の謎について、詩が秘密の鍵を示す（明示にせよ暗示にせよ）ようなことは、まずないだろう。ただ、とらえがたい謎の、その質感のようなものを言葉の姿に定着するわざは、大昔から詩のものとしてあったと思う。しかしそのこと以上に、私を詩にひきつけるのは、それが何かについて恣意のように語り出しながら、同時に、みずからがそこにその姿で在ることの必然を主張する不思議な権利を有している、という強い印象である。根拠を尋ねれば偶然のつらなりに帰されて茫洋となりゆくばかりのこの世界で、詩の、説明しがたい小さな必然の感触から、私は何がしかの心の支えを得て生きてきた。そして自分にもそのような小さな必然を生み出すことができたら、と希求してきた。私のひそかな願いとしては、この詩集が、オリオン座や猫たちと同じくとらえがたい詩への、ささやかなオードにもなっていれば嬉しい、という気持がある。

前詩集以後の十年ほどのあいだにぽつりぽつり書いて来た作品をここにまとめた。ただ「蝶——浜辺にて」は第三詩集『臨海記』（一九八九）に収めていたものを改稿し、再録した。

出版に当たって大変お世話になった土曜美術社出版販売の高木祐子社主に、心より御礼を申し上げます。

二〇二三年三月

川島　洋

著者略歴

川島　洋（かわしま・ひろし）

一九五八年　千葉県生まれ　早稲田大学第一文学部卒業

詩集

『スロープを下ると交差点が見える』一九八二年　漉林書房

『日々の肖像』一九八五年　ゲンキ出版

『臨海記』一九八九年　漉林書房

『舌・吊り革』一九九三年　ワニ・プロダクション

『逃げ水』一九九八年　本多企画

『夜のナナフシ』二〇〇一年　草原舎

『青の成分』二〇一三年　花神社

詩論集

『詩の所在（主体・時間・形）』二〇一五年　私家版

住所　〒二三〇―〇〇七一　神奈川県横浜市鶴見区駒岡三―三〇　E二〇二

詩集　オリオンと猫《ねこ》たちへのオード

発行　二〇二三年六月三十日

著者　川島　洋
装丁　直井和夫
発行者　高木祐子
発行所　土曜美術社出版販売
〒162-0813　東京都新宿区東五軒町三―一〇
電話　〇三―五二二九―〇七三〇
ＦＡＸ　〇三―五二二九―〇七三二
振替　〇〇一六〇―九―七五六九〇九
印刷・製本　モリモト印刷
ISBN978-4-8120-2774-5　C0092